HAYMON verlag

Von Verletzungen und Narben, einem Paradox der Gefühle und dem Hinauswachsen über die Welt

Da sind Farben, und sie heißen Grün, Blau, Violett. Buntheit, die kaschiert werden muss. Da ist das Shirt, das an ihrem Körper nicht gut aussieht. So wird es ihr gesagt, immer wieder. Da ist der Apfelsaft, naturtrüb, der Entwarnung gibt. Wenn der Apfelsaft auf dem Tisch steht, dann ist Ruhe ...
CHRISTL MTH. geht der Frage auf den Grund, was geschieht, wenn wir uns zurückziehen müssen in einen Kokon aus Watte, der uns taub macht. Wie schaffen wir es, uns zurückzukämpfen, damit die Vergangenheit nicht mehr unser Jetzt beherrscht, unsere Zukunft vorgibt? Die lyrischen Texte prangern an, verzichten auf Beschönigung, sind dennoch sachte, verletzlich. Die Autor:in erzählt die Geschichte einer Kindheit, die einzigartig und gleichzeitig die von vielen ist; sie erzählt von einer stückchenweisen Zusammensetzung des Ichs, von einer feministischen Auferstehung, die individuell sein mag, aber niemals losgelöst werden kann von der Gesellschaft, von dem System, in dem wir leben.

CHRISTL MTH.

Ich glaub ich hasse mich

Für alle, die ihre Worte erst noch finden müssen.
Für alle, die nicht wissen, dass es in Wörtern etwas zu suchen gibt.
Für alle, die in Wörtern alles gefunden haben.

Für Lil und Middle G.
Für Super Woidl.

INHALTSVERZEICHNIS

KAPITEL 2: WÖRTER FINDEN ÜBER MICH

KAPITEL 3: WÖRTER FINDEN ÜBER UNS

Liebe lesende Person,

du hältst ein Buch in deinen Händen. Das finde ich sehr schön. Die schreibende Person dahinter, versteckt in den Fasern des Papiers, möchte Hallo sagen.
Hallo, ich bin CHRISTL MTH., die hier so wirr vor sich hin tippt und in deinem Kopf die Texte liest.

AUGENTROPFEN

Es gibt viele pathetische Buchbeschreibungen, einer Dramaturgie der lebensverändernden Kunst folgendem Narrativ, in welchem Autor*innen ihr Geschriebenes bezeichnen.

Gegen diese pathetische Buchbeschreibung wollte ich mich immer wehren, dieser pathetischen Buchbeschreibung muss ich wohl für die Einleitung dieses Buches folgen.

Dieses Buch sollte eigentlich mit allen Worten zermahlen, verflüssigt und zu Augentropfen formuliert werden. Diese Texte, die Sprache an sich, waren mein Fluid, das mir half, viele Dinge wieder zu sehen, anders, Dinge zu durchschauen, über sie hinweg.

Dieses Buch ist kein Buch, es sind die Augentropfen, von denen ich wusste, dass ich sie brauche, weil ich eigentlich nichts mehr sehen konnte. Meine Augen schwimmen jetzt wieder in einem Meer, bin so nah am Wasser gebaut, Gewässer beruhigen mich. Meine Augen kugeln, in Mulden herum, und sind froh, sich dem ungewiss anstrengenden, erschöpfenden Akt unterzogen zu haben, ein Buch zu schreiben.

Meine Augen, heute gut mit den Augentropfen befreundet, hatten Angst, haben sie noch immer, vor den Texten, die sie lesen werden, weil die stimmen, das ist eine Wahrheit von vielen, meine Wahrheit. Weil die sie daran erinnern, wem sie gehören, für wen sie da so schauen, im Leben herum. Dieses Buch ist kein Buch, keineswegs, diese Seiten sind meine Augentropfen, weil meine Augen chronisch trocken sind, wenn sie nicht gegossen werden.

Ich hab Angst vor einer erneuten Ebbe, aber ich weiß ja,
Texte, die Sprache an sich, werden zur Stelle sein.

Wort für Wort,
geformt in
verkopft, kompliziert, einfachen,
Sätzen,
sind alles, was ich habe.
Seien wir doch nett.
Zu uns.
Zu ihnen.

AUCH SHERLOCK HOLMES SCHEITERT MAL

Manchmal, da frag ich mich, wie ich zu einem Mensch werden konnte. Zu dem manchmal dünnhäutigen, manchmal dickköpfigen Geschöpf, welches ich heute bin. Wie habe ich es überhaupt geschafft, so lange zu überleben, mich aus dem Überlebenswahn in einen Wahn des Lebens zu versetzen?
Die schlimmen Dinge, die ich erlebt habe, im Archiv meines Kopfes, positioniert in einer dunklen, staubigen Ecke. Ungelöste Fälle, mit offenen Fragen, machen mir zu schaffen.
Das Warum findet keine Antwort, zu weh würde es tun, eine, keine zu finden, die nichts rechtfertigt. Die Antwort, die der Hauptkommissarin Warum alles erklärend buchstabiert, Beweise liefert, ihr dann aber die Schulter tätschelt, Floskeln vor sich hin murmelt, weil man nicht weiß, was man sagen soll. Aber auch Sherlock Holmes scheitert mal.

Mein Warum sitzt im Ohrensessel vor mir, hört zu und notiert:
Ich frag mich, wie ich überlebt hab.
Ich frag mich, wie ich die Widrigkeiten meines Lebens nie als solche betrachten konnte.
Ich frag mich, warum ich denke, ich übertreibe in der Feststellung, dass alles daran schlimm war und ist.
Das Warum, weiß bald nicht mehr weiter.
Das Wie, ist mit anderen Fällen beschäftigt.

Ich frage mich, ob sie, Mitschuldige, Täterin in benanntem Fall, manchmal auch daran denkt, wie es mir jetzt damit geht.
Ich frage mich, ob sie, Mitschuldige, Täterin in benanntem Fall, sich jemals gefragt hat, wie ich mich gefühlt haben muss.
Ich frage mich.
Das Warum in mir glaubt nicht.
Das Wie schreit vom Schreibtisch rüber, das glaubt es auch nicht.

DAS SPIEL DES LEBENS IST SCHEISSE

Ich lieg am Boden und will, was fühlen. Doch da kommt nix.
Es kommt kein Gefühl vorbei, das mir hilft aufzustehen, mir zuzugestehen, dass ich mich wieder einmal verloren hab. Gegen mich. Eins zu null. Es wird Halbzeit gepfiffen, die Spielerinnen gehen in die Kabine, um von der Trainerin angeschrien zu werden, warum es heute wieder einmal nicht läuft. Diese Kämpfe erschöpfen, weil es nicht so leicht ist, darum zu kämpfen, doch wieder frei zu sein, für kurz. Die Gladiatorinnenkämpfe gehen unentschieden aus, der Hass, den du in mir noch immer anzettelst, lässt mich nicht gewinnen.
Ich möchte den Bogen überspannen, fest, um ins Schwarze zu treffen, in den Mittelpunkt des Kreises, um zu finden, mich.
Ich lieg am Boden und will, was fühlen. Das Spielfeld ist leer.
Ich verliere, wieder mal, gegen mich.

LEERSTANDNUTZUNG

Manchmal, da macht mir mein Kopf Angst.
Weil die Gedanken so ehrlich sind.

KAPITEL 1:
WÖRTER FINDEN ÜBER SIE

DRITTE PERSON SINGULAR

Ich schreib in der dritten Person Singular über dich.
In Mehrzahl über uns, die anderen, die wir waren, aber nicht mehr sind.
Ich bilde grammatikalisch unnötig verkomplizierte Sätze, in der Hoffnung, dass dich darin niemand findet außer mir.
Ich nenn die Dinge beim Namen, Wörter hab ich im Übermaß normalerweise für alles und alle, alle anderen, aber nicht für dich.
Perfekt, Unperfekt, Plusquamunperfekt.

Weil ich weiß,
du wirst sie hören, lesen, verdrängen,
die Wörter, die ich hier in Schachtelsätzen gefangen halt.
Im stillen Kämmerlein, oder vor Empörung brüllend,
das Echo hallt nach in der Welt,
in deiner ganz eigenen, in der du lebst.
Du sprichst eine Sprache, die ich nicht deuten kann.

Die Wörter die ich hier schreib,
wirst du sehen.
Objekt bist jetzt du, Subjekt ich.
Ich intellektualisiere mich mit Wörtern, die eigentlich Abstand voneinander haben wollen, die getrennt von einem Beistrich eine kleine Verschnaufpause brauchen.

Ich schreib in der dritten Person Singular über dich.

INVERTIERTER GEDÄCHTNISSCHWUND

Dein Gesicht, deine Stimme, wie du dich bewegst, was du tust, wer du bist, wer du geworden bist, was du liebst, wen du liebst, wer dich liebt, wohin du gehst, wo du bleibst, ist mir heute fremd. Du bist eine Fremde geworden, die ich mal kannte und nicht vergessen kann.

WENN DAS HALBLEERE GLAS DANN DOCH ÜBER DEN RAND SCHWAPPT

Ich verschlafe jeden Tag.
Weil ich mich eh schon so fühl, als würd ich im Delirium vor mich hin sinnieren und nie so wirklich, richtig wach sein.
Der Schmerz, der zuverlässigste Wecker von allen, der weckt mich dann doch aus dem Koma der parallelen Realität, in der ich mich versteckt halte, wenn ich nicht weiß, wohin. Wohin mit mir selbst.
Ich weiß nicht, wohin, deswegen leg ich mich lieber nochmal hin.
Ich bin ausgetrocknet, durstig, dehydriert, panisch aufgeschreckt.
Weil das halbleere Glas dann doch über den Rand schwappt, weil du so viel übriggelassen hast, dass für mich kein Platz mehr bleibt.

DAS SCHLECHTE MUSS MAN EINFACH WEGSCHNEIDEN, ODER?

APFELSAFT, NATURTRÜB

Der Apfelsaft, naturtrüb, auf dem langen Tisch aus hellem Holz, Platz für alle, selbst geschraubt, versteht sich. Manchmal, da stand er da, in dem Glas aus dem Möbelhaus, wo man alles kauft außer Möbel oder das, was man tatsächlich braucht. An diesen besagten Tagen, an dem der Apfelsaft auf dem besagten Tisch stand, da wurde entwarnt:

Heute ist alles **RUHIG, NORMAL, OKAY.**

Da wurde geredet, deine Ohren weit auf, dein arbeitendes Gehirn war zu sehen, in dem sich die Gedanken nur um unsere mittleren bis großen Probleme drehten. Die Mundwinkel zeigten nach oben, die Augen sanft, dein Atem lang. Da warst du da, das hab ich gespürt. Da war der Tag heller, da war die Sonne da. Ein guter Tag. Kurz, aber da.

Der Apfelsaft, naturtrüb, ist ja gesünder, weil die Linie, die Linie ist wichtig, auf die schaut man ja: *Vor allem bei dir müssen wir aufpassen.*
An den besagten Apfelsaft, naturtrüb-Tagen, da war ich klein, die Gedanken riesig, da wuchs ich auf.

Der Apfelsaft, naturtrüb, von dem Laden, zu dem man fährt neben grünen weiten Feldern, weil dort eingekauft wird, woher man kommt, eingeflogen wird nix für uns. Der stand manchmal auch nicht da, auf dem langen Tisch aus hellem Holz, Platz für alle, niemand da, selbst geschraubt, versteht sich. Da war alles irgendwie dunkel, so modrig und schwer. Der Tag war wie ein Keller, in den nie jemand gehen will, aber manchmal muss man eben.

An diesen Tagen warst du nicht da. In deinen eigenen Keller gesperrt, beschäftigt mit der eigenen Dunkelheit. Da wurde vorgewarnt:

Heute ist alles **UNNORMAL. UNRUHIG. NICHT OKAY.**

Oft, immer öfters, fast immer wurde nicht mehr geredet. Da wuchs man auf, über sich hinaus, weil du's grad nicht konntest. Da schenkte man sich selbst ein und denen, die auch ohne dich blieben. Die waren dafür immer da, an dem Tisch, Platz für alle, selbst geschraubt, versteht sich.

GEDANKENSTUDIEN ZU BRÜCKEN

ICH SPRING WO RUNTER, DANN IST ALLES VORBEI.
Das hast du oft zu mir gesagt.

Du hast mein Leben, mit deinem riskiert.
Du wolltest es tun, hast du gesagt, aber getan hast du es nie.
Gedroht hast du mir, doch am meisten dir.

ICH FAHR ZUR NÄCHSTEN BRÜCKE UND LASS MICH
FALLEN. DANN IST ALLES VORBEI.
Das hast du oft zu mir gesagt.

Überleben, leben wolltest du nie für uns.
Überleben, leben wolltest du aber auch nicht für mich.
Nicht für die anderen, nicht für dich.

Manchmal, oft, sehr selten, denk ich über diese Brücken nach.
Die sollen doch verbinden, aber ich hab immer nur Angst, dass die
einbrechen, es bröckelt schon bei jedem Schritt, das nächste Ufer
erreich ich nicht.
Du hast dein Ufer, und ich hab meins.
Die Brücken zwischen uns beiden,
die sind kaputt,
irreparabel,
zerstört.

Manchmal, oft, sehr selten, denk ich über den Absprung nach,
von den besagten Brücken, wie man fällt und wie sich das
anfühlen muss, der freie Fall, das Fliegen, Stürzen, der Aufprall.

Abgesprungen bin ich.

ROTE ROSEN

Früher hab ich dir oft Blumen gekauft,
auf dem Heimweg nach der Klavierstunde,
1,20 pro roter Rose,
weil du die so gerne mochtest,
weil du ja von einem Rosengarten träumtest.

Gekocht hab ich in der großen Küche oft für dich, alle,
weil ich wollte, dass es dir gut geht,
weil ich dachte, es liegt an mir,
dass du so laut geschrien hast,
dass ich es heute noch hör.

Ich habe versucht,
gut zu sein in den Dingen, die ich mach, die Beste,
weil ich dachte,
wenn ich besser, perfekter und einmaliger bin,
dann könntest du stolz auf mich sein.

Ich bin oft aufgestanden in der Nacht,
raus aus meinem Bett,
neben dich, in deins, weil ich dich trösten wollte,
wenn du wieder unter Tränen geschrien hast,
weil ich dachte, du bist traurig,
traurig wegen mir.

Ich wollte mich immer klein machen,
zusammenknüllen in ein kleines Päckchen,
meinen Körper und mich,
weil du allen Raum für dich beansprucht hast.

Ich war lustig und laut,
außen gewitzt,
innen karg, humorlos zu mir selbst,
ist bis heute so,
weil deine Mundwinkel immer Richtung Erdkern schauten.

Immer dachte ich, ich bin schuld.
Die Schuld, nicht richtig zu sein, hab ich heute verinnerlicht und
im Fundament meiner Persönlichkeit betoniert. Harte Arbeit,
um das zu schaffen.
Gratuliere dir.

Deine Tränen wisch ich nicht mehr von deiner weichen Haut,
die lass ich bei mir immer einfach laufen, die sprinten davon, weil
sie wissen, es hat keinen Sinn, für dich zu bleiben.

Ich kauf mir die Rosen heute selbst. 1,20 kosten die schon lange
nicht mehr.

Rote Rosen in großen Sträußen, weil ich nicht mehr unsicher
herumschleiche, ganz vorsichtig, um ja nicht zu stören, um
ja keine Probleme zu machen, dein Problem zu sein.
Ich werde stampfenden Schrittes, verbunden mit dem Boden
der Tatsachen, der für dich nicht mehr auffindbar ist, durch das
Leben stampfen und weiß:
Ich bin nicht schuld.

DEINE FARBEN FÜR MICH

grün
blau
violett
Das wusste ich zu kaschieren,
gelernt aus erster Hand.
Um den Schein zu wahren,
dich nicht zu blamieren.

grün
blau
violett
Wegen dem falschen Shirt,
weil es dir nicht gefiel.
Weil du wolltest
und ich nicht.

grün
blau
violett
Weil das die Farben waren,
die du kanntest.
Der einzige Ausweg,
alles zu viel,
der manchmal blieb.

grün
blau
violett
Verfolgen mich bis heute,
bitte nicht zu nah.
Ich brauch Luft zum Atmen.

LANGE, ZARTE, DÜNNE FINGER

Lange, zarte, dünne Finger, kleine Falten um die Knöchel,
Gräben, die getrennt verbinden, wie die deinen, so die meinen.
Lange, zarte, dünne Finger, mit denen du mir damals gewunken
hast, mit denen du mich umschlungen hast, fest, nicht
losgelassen hast.
Lange, zarte, dünne Finger, mit denen du mir so einiges
genommen hast, weggenommen und gleichzeitig gegeben,
geschenkt, mit denen du mich verlassen hast.
Lange, zarte, dünne Finger, mit denen du es weitergegeben
hast, den Schmerz, den Hass, vor allem für dich selbst.
Lange, zarte, dünne Finger, mit denen du mir immer über
meinen Kopf gestrichen hast, als du telefoniert hast, gesprochen
hast in den Hörer, versprochen hast du alles, gehalten hast
du es nie.

ICH RÜCK WEITER, WEITER WEG

Deine Schläge
haben sich träge in mein Hirn gebohrt
Deine Schläge
tragen mich heute noch in Dissoziationen fort
Deine Schläge
Deine Handabdrücke legen sich auf meine Haut
Deine Schläge
Ich schreibe Lieder in allen Sprachen, die ich kenn
Um ein Wort zu nennen
Deine Schläge

Heute noch will ich nicht, dass du mich berührst.
Nicht zu nah, brauch Luft zum Atmen, wofür ist die denn sonst da?
Heute noch seh ich, wie du dich über mich bückst,
ich rück weiter, weiter, weiter, weiter weg.

UM STYLING
MIT DER
VERGANGENHEIT

SPIEGLEIN, SPIEGLEIN AN DER WAND

Wenn ich in den Spiegel schau, seh ich dich.
Da seh ich die kleinen Löcher, Punkte, Haare zur falschen Zeit, am falschen Ort.
Da seh ich kleine Kurven und Ecken, Serpentinen und Kreise.
Da seh ich dich.
Ich hingegen bin nirgends zu finden.

Ich denke, ich muss meine Haut abziehen und neu bemalen,
Altes übermalen, voll tätowieren, um jemand anderes zu sein.
Alle Farben, außer deine.
Die Haare ausreißen und eine Perücke daraus machen, eine neue, für mich. Ich bürste mich gegen den Strich, fest.
Ich würde gerne meine Lippen zunähen, umnähen, die Ohren langziehen, umziehen, damit ich auch andere Dinge hören kann als du, als dich.
Ich möchte meine Wimpern zwirbeln, dass die nicht so voll sind wie deine, alles in andere Richtungen verschieben, Richtungswechsel nach vorne.

Ich habe alles von dir,
davon will ich aber nichts.
Ich will alles von mir selbst.

Ich habe Angst, so zu sein, zu werden, gewesen zu sein,
wie du bist.
Ich denke, ich muss mir neue Spiegel bauen, um endlich mich darin zu sehen.
Ich brauche ein eigenes Gesicht.

Alles, alle, um mich herum kaputt.

FRESKEN ÜBER ENDLOSEN HORROR

Ich lieg im runden Bett, Ecken und Kanten hab ich schon genug, da stoß ich mir nur den großen Zeh, die Stadt um mich herum, in ihren kleinen, schlecht und groß, zu groß geschnittenen Zimmern liegt da und schläft. Schläft so in die Nacht hinein. Ich lieg da und schlafe wieder einmal nicht, die Augen kämpfen gegen die Lider, weil aufgeben, aufgeben, das tun wir einfach nicht.

Ich male mir gerne, mit Farben und Pinsel, Horrorszenarien an den Wänden meines Kopfes aus. Das kann ich gut. Der Horror endet ja nie.
Nie.

TRUE CRIME

Ich hab Angst vor Einbrechern. Ich hab Angst, dass jemand kommt und alles nimmt, mitnimmt, mich auch. Ich hab Angst vor Einbrechern, das hatte ich schon immer. Da hab ich gesessen in dem Haus, das damals ein Zuhause war, auf den Stufen neben der Tür, die rauf in mein Zimmer führten, hab gewartet, bis jemand kommt, der alles nimmt, mitnimmt, mich auch. Allein blieb ich nie, die Angst war da.

Die Angst war da, und sie wurde belächelt. Sie wurde weggelächelt, weil das ist nur ein Hirngespinst, ja, das Hirngespinst, das die Steuerung übernimmt. Das ist ja irrational und nicht echt, für mich rational beängstigend.

Ich hab Angst vor Einbrechern, vielleicht weil ich nie wirklich sicher war? Es war doch klar, da kommt jetzt jemand, der nimmt mich mit und du rettest mich dann, oder, oder nicht? Ich weiß es nicht.

Die Türen waren zu, verschlossen, eingeschlossen, den Schlüssel verloren.

Ich hab Angst vor Einbrechern, weil eingebrochen wurde, schon oft, nicht gefragt und auf einmal alles gebrochen, in mir. Die Scherben liegen da, wir steigen drüber, Verletzungsgefahr. Ich hab Angst vor Einbrechern, verschwunden ist schon einiges. Alles mitgenommen.

Ich hab Angst vor Einbrechern, das Haus, das damals ein Zuhause war, das war auf einmal nicht mehr da. Es hat gewackelt und gewankt, sich jedem entgegengestreckt und sich geduckt, als es schwierig war.

Ich hab Angst vor Einbrechern, weil was sag ich da? Nimm alles mit, nimm mich mit, weil ich muss weg von da?

MASSENTOURISMUS STÄRKT DIE WIRTSCHAFT

Eigentlich möchte ich dir nicht so viel Raum geben,
in meinen Gedanken, in denen ich leb.
Ich häng die Bilder ab, spachtle die Löcher zu.
Den Raum, den nimmst du dir,
keiner sagt: „Mein linker Platz ist frei, deswegen wünsch ich mir
die Scheiße der Vergangenheit herbei."
Du nimmst ihn dir einfach, hast du schon immer.

Eigentlich möchte ich dir nicht so viel Platz geben,
in dem Kopf, in dem ich leb.
Da ist kein Zimmer mehr für dich frei,
ausgebucht, Stornogebühr hab ich für dich bezahlt, wir sind voll.
Ich wünsche mir,
dass du weiterziehst, wegziehst.
Weil du das nicht tust, nicht kannst, nicht willst,
kehr ich dir den Rücken zu.
Weißt du noch, wie du es damals getan hast,
als ich dir sagen wollte,
das Leben, das will dich, das will ich mit dir.
Du aber nicht.

Der Preis, die Miete ist zu hoch,
ich will Platz für mich,
für die Gedanken, die ich verfolg und verlier,
ich will Platz für mich.
Ich brauch Raum,
ein Zimmer weit weg von dir.
Ein Zimmer ganz für mich allein.

LAW & ORDER IN MEINEM KOPF

Die Richterin für Recht und Ordnung,
die mich gefangen hält in den Zellen meines Gehirns,
hat mir lange verboten zu trauern.
„Die Konsequenzen der Entscheidungen, die man trifft, hat man selbst zu tragen", wurde gerufen, mit dem kleinen Hammer auf den Tisch geschlagen, das Thema abgehandelt, mit dem Stempel „verdrängen" archiviert.

Aufgrund von Aufständen, Widerständen im Inneren
wurde die Akte wieder geöffnet, der Fall neu aufgerollt,
Tränen und Taschentücher bereit,
die Sintflut kommt aus den Augen und wäscht alles durch.
Komplettreinigung, Frühjahrsputz.
Abstrus ist das Gefühl, jemanden zu vermissen,
den man nicht im Leben haben kann, weil man sonst ums eigene Leben kommt.
Fraglich ist die Tatsache, ob es um die Person selbst oder die Vorstellung dieser geht.
Anzuzweifeln ist, ob man vergeben kann, wenn man alles vergessen hat. Vergessen hat müssen. Und doch nicht vergessen kann.

Die gegnerische Seite hält dagegen,
schreit, gezweifelt wird lautstark,
wie immer.
Gezweifelt wird lautstark,
immer,
immer,
immer.

ICH WILL EINE RETROSPEKTIVE VON MIR

So rückblickend,
retrospektiv betrachtet,
fällt mir auf,
eigentlich,
hab ich immer deine Hand gehalten,
aber du nie die meine?

I WILL SURVIVE

Katastrophen in meinem Kopf nehmen dystopische Zustände an,
die eine lebensverändernde Krise jagt die nächste,
groß oder klein ist egal,
die brennende Mistgabel festgekrallt,
der Tsunami reißt alles nieder,
Flutwellen aus allem, woran ich nicht denken will,
der Tornado nimmt mit,
was an Restoptimismus liegen geblieben ist,
ein bisschen was vergisst man immer, das brennt die Sonne weg,
fuck, SPF vergessen,
na super, der Hautkrebs lauert schon,
wenigstens nicht Krebs als Sternzeichen,
die spinnen ja alle. ALLE.
Keine Sorge,
keine Sorge,
der Katastrophenschutz ist schon unterwegs,
der steht im Stau,
am Weg ein Unfall,
die Straße gesperrt.
Wahrscheinlich bricht die Straße eh noch ein,
kein Weg zurück.
Keine Sorge,
keine Sorge,
wird schon besser,
bald,
bald,
bald,
ist Hilfe da,
die Rettung ist nah.

DIESER STÖRENFRIED, MEIN GEHIRN

MALTRÄTIERTE GEHIRNE

Vielleicht will ich heute alles verstehen,
analytisch denken
und wissen warum, warum, warum, warum,
Erklärungen, Hintergründe, Informationen Mangelware waren,
obwohl die Nachfrage doch so hoch war.
Das Prinzip der Volkswirtschaft, fälschlich interpretiert.
Vielleicht will ich heute alles alleine machen,
hyper-independent sein,
mir Dinge eigens machen,
war halt immer so.
Vielleicht will ich nicht sagen, was ich wirklich fühl,
weil mich das auch nie wer wirklich gefragt hat,
so ernsthaft eine Antwort erwartend.
Vielleicht will ich heute Kunst machen,
weil ich ohne gar nicht kann,
nichts anzufangen weiß.
Das malträtierte Gehirn
flickt die Kunst
anhand von Strichen, Punkten, Worten
dann doch wieder zusammen.
Die Kunst,
die macht das ganz gut.
Kunst macht,
dass mein Gehirn,
so ganz unvollständig,
doch noch funktioniert.

KAPITEL 2:
WÖRTER FINDEN ÜBER MICH

ICH GLAUBE MIR NICHT

Das Schlimmste, das du in mir hinterlassen hast, ist, dass ich mir nicht mehr vertrauen kann. Ich kann mir nicht vertrauen, dass die, die ich bin, ein Mensch ist. Ich kann mir nicht vertrauen, ob rechts rechts ist, oder doch links?
Ich kann mir nicht vertrauen. Das ist das Schlimmste.

Ich würde mir nichts und niemandem anvertrauen, mir selbst vertraue ich auch nichts an. Ich nehme es nicht ernst, dass ich die bin, die das, was sie hat, für sich geschaffen hat.
Ich kann mir nicht glauben, dass eine Realität, meine, eine ist, die ich geschaffen hab. Ich habe kein Vertrauen.
Mein fragmentiertes Inneres argumentiert gegen mich, weil ich nicht glaube, dass ich wer bin.
Ich glaube mir nicht.
Ich vertraue mir nicht.

Das ist schlimm.

HALLO NIKOTIN, WIE GEHT ES DIR?

Ich rauche Zigaretten nicht in Maßen, nur in rauen Mengen,
Päckchen mit Warnbildern, die man nicht anschauen mag,
vor allem, wenn das Kurzgetränk sich im Rachen meldet:
Hallo, ich bin da, tut nur kurz weh, schnell runterschlucken
und weiter geht's.
So hab ich das ja eh für alles gelernt.

Der Rauch in der Nase
lässt sich nieder in den Fasern und geht auch nicht mehr weg.
Wenigstens bleibt mal wer.
Ich bin taub und spür,
da ist was in mir.
Hallo Nikotin, wie geht's dir?
Die Finger tanzen nervös herum.
Ich spür, die Lunge ist schwer,
das Herz auch,
das passt ja gut zusammen,
wenigstens hat sich da mal was Passendes ergeben,
erzwingen tut man heutzutage ja nix mehr,
da ist alles locker locker locker flockig,
ich bin aber steif steif steif und hab keinen Bock.

Ich stech mir Tattoos,
da bekomm ich keine ordentlichen Jobs,
jawohl, juhu,
die will ich eh nicht,
Rentenversicherung Adieu,
die Nadeln stechen tief,
Motive, die nichts bedeuten,
weil eh alles bedeutungsschwanger ist.

Ich bin taub und spür,
da ist was in mir.
Hallo Blut, endlich seh ich dich wieder einmal,
bin ja doch ein Mensch,
da drinnen schlägt, dieses hochgepriesene Herz, mich,
das anatomisch hässlicher ist als auf den Valentinstagskarten,
die ich nie bekam.
Tagelang starrt man dann hin, auf die Linien, meistens schwarz,
es bleibt ja doch etwas, es bleibt,
es heilt, es wird, es wird, es wird,
vielleicht,
doch noch alles gut?

FOREVER ALONE

Immer sag ich,
ich kann nur schreiben, wenn ich allein bin,
aber in letzter Zeit,
da schreib ich nur noch
und will eigentlich nicht.

DIE HEIZBEAUFTRAGTE MELANCHOLIE

Ellipsenförmige Tablettchen
kommen zu Besuch im maßlos überforderten Organismus,
stimmungserhellend wirken,
eine kleine Taschenlampe in der Dunkelheit
schadet ja nie, um die Umrisse
wenigstens wieder
zu erahnen, blinzelnd zu erraten.

Die Traurigkeit, der Missmut,
die Melancholie,
die umweltfreundlich mein Inneres heizen,
mit denen fühl ich mich wohl,
die kenn ich gut,
best friends forever quasi.
Umzüge, Renovierungen in der Herzkammer, Hirnrinde,
sind nicht so einfach.
Gleich soll alles bleiben,
gleich schlecht, gleich gut,
ist im Kontext des mittelmäßigen bis prekären Stands der
Lebensfreude auch schon egal.

Optimal, effizient genutzte Raumaufteilungen sind mir fremd,
die Mitbewohnerinnen
Trauer, Missmut und die heizbeauftragte Melancholie
haben bisher jeden kleinsten Quadratmeter für sich
eingenommen, zugemüllt,
zugequalmt, obwohl wir gar nicht rauchen dürfen.
Scheiß Kaution bekomm ich auch nicht mehr zurück.

ANTWORTEN AUF DIE FRAGE, DIE ICH HASSE

Wie geht es dir?

Eine beschissene Frage. Ich glaube, ich hasse nichts mehr als diese Frage, abgesehen von Koriander natürlich, das ist ja nur scheiß Petersilie, die nach Seife schmeckt.
So eine scheiß Frage, wirklich. Fällt dir nichts Besseres ein?

Aber alle schnattern glücklich zufrieden in mein Ohr:
Wie geht es dir?
Wenn die Wörter könnten, würden sie weit wegfliegen, an meinem Ohr vorbei, weil die ja schließlich, am besten, einzig und allein, wissen, wer ich bin.

Vier Wörter, zwölf Buchstaben, ein Satzzeichen, Billionen von möglichen Antwortmöglichkeiten. Nur keine, die passt. Keine korrekte Aneinanderreihung grammatikalisch richtiger Satzbauteile, die beschreiben, dass der völlige Wahnsinn wieder einmal ausgebrochen und nicht mehr einzufangen ist. Die kleinen Gedanken raven mit fragwürdigen Outfitkombinationen und geschmacklosen Brillen im Hirn herum, und ich bin die alte, zur Sturheit neigende Nachbarin, die die Polizei ruft, weil sie endlich mal ihre gottverdammte Ruhe haben will.

Mir geht's gut.
Alles okay.
Passt schon.
Geht schon.
Alles paletti.

Sagt man dann stattdessen, weil Smalltalk hasst ja jeder, und wenn er ehrlich wäre, dann noch viel mehr.
Das funktioniert, eine oft erprobte Methode, übernommen von Menschen, die genauso wenig zwischenmenschliche Interaktionen ertragen können wie ich und die lieber das eigene Wohlbefinden, schon eine ziemlich private Sache, nicht mit Höflichkeit verwechseln wollen, allen immer zu sagen, dass eigentlich gar nix paletti ist.

Man spricht nicht darüber.
Man schämt sich.
Man schluckt es runter, auch wenn man sich dabei eigentlich verschluckt.
Alles bleibt im Hals stecken.
Der Lift zwischen Gehirn und Mund ist überlastet und mit einer Plakette gekennzeichnet:
defekt und in naher Zukunft (nie wieder) reparierbar.
Scheiß Hausverwaltung.

Man spricht nicht darüber.

Wird mit zwei S geschrieben, wusste ich lange nicht. Ganz lange wusste ich außerdem nicht, dass es dieses Wort gibt. Dass dieses Wort beschreibt, wie ich mich fühl. Dass dieses Wort Realität ist, meine zwirbelnden Gefühle in Kopf und Bauch auch.

Das Wort wird nicht in den Mund genommen, die Artikulation ist schambehaftet und soll tunlichst vermieden werden. Vielleicht leise, sehr leise, genuschelt hinter vorgehaltener Hand, wird besprochen, dass sie, also ich, wieder einmal ein bisschen traurig ist.
Ein bisschen depri.
Hat heute einfach einen schlechten Tag.

Wie geht es dir?
Eine beschissene Frage. Vier Wörter. Zwölf Buchstaben. Ein Satzzeichen. Billionen von Antwortmöglichkeiten.

Auf so dumme Fragen sollten Antworten folgen, die versuchen, die vorangegangene Dummheit in den Grundzügen zu kompensieren, deswegen wähle ich heute Folgende:
Ich habe Despressionen, und heute sind die wieder schlimmer. Das Heftpflaster hat sich gelöst, die Wunde ist wieder offen. Dem Pessimismus meiner Psyche ist heute danach, ein bisschen Salz zu streuen. Aber dafür das gute, *Fleur de sel*, weil eh alles den Bach runtergeht. Dann halt den Salzwasserbach.
Meine Augen fühlen sich so an, als würden sie in den für sie geschaffenen Höhlen liegen und einen Film abspielen. Aber nur so einen scheiß Film, der sonntagnachmittags läuft, mit richtig viel Werbung dazwischen.
Meine Finger schreiben heute von selbst, und ich bin nur so da. Die wissen schon, was sie tun, diese sensiblen Extremitäten mit kleinen funktionierenden Gehirnen.

Fühlen kann ich nichts, weil ich mich so taub fühle, aber eigentlich ist mir gerade alles zu viel. Ganz verfroren bin ich so eingefroren. Ich bin eine unter vielen Erbsen in der Tiefkühltruhe, die man in einem Anfall von Sparsinn und Nachhaltigkeit einfror, nur um diese nie wieder zurück ans Tageslicht zu holen. Eine Erbse, die stört, diese eine Prinzessin und mich. *Krone richten, weitergehen* oder so irgendwie.

Beim Telefonieren hör ich mich sprechen, aber weiß nicht so recht, was ich sag. Ich bin ferngesteuert und hab die Fernbedienung verloren. Die Digitalisierung hat voll zugeschlagen, der Roboter in mir arbeitet, und ich sitz in der Ecke meines Kopfes und warte, bis alles wieder irgendwie besser wird.

Muss verharren zwischen den Filmen am Sonntagnachmittag, als wäre ich die scheiß Werbung, die wir alle auswendig kennen, aber dann doch gerne skippen würden. Ich bin der scheiß Film, bei dem man innerhalb der ersten zehn Minuten weiß: Diese Handlung führt nirgendwo hin, außer in die Unweiten des eigenen frustrierten Selbst.
Der Selbsthass hat heute freie Bahn, und ich hab keinen Führerschein. Das Geld dafür aus dem *Bausparer*, wie man ihn anlegt, wenn ein neues Geschöpf völlig unverfroren auf die Welt geworfen wird, hab ich versoffen, ausgegeben für Prioritäten, die eigentlich keine sind. Weil eh alles eigentlich fürn Arsch ist und alles umsonst. Alles macht keinen Sinn, ich am wenigsten.

Kleines Selbstwertgefühl, große Wirkung.

Wenn ich Hilfe holen könnte, würd ich sagen:
Kannst du schnell die Feuerwehr rufen? Aber nur, wenns dir leicht geht, weil ich hab da ein Problem, Notfall genannt, Feuerwerke feuern in meiner Brust ab und im Kopf auch, dabei ist noch gar nicht Neujahr. Die Pyrotechnikerin hat kurzfristig abgesagt, hat sich krankschreiben lassen, weil es geht ihr nicht so gut. Aber nur wenn es leicht für dich geht, ich will überhaupt keine Last, keine Bürde – mit dem ganzen Wirbel in mir drinnen – sein. Wär aber super, sonst bin die letzte Explosion dann wohl ich.
Schreien, kreischen würde ich, während ich versuche Hilfe zu holen, bis ich heiser bin; ich weiß eh nicht mehr, was ich sagen soll, obwohl ich eigentlich gerne sagen würd:

Heute, da kann ich nichts machen, da muss ich warten; warten, bis der Tag vorbei ist und morgen besser wird. Da muss ich allein sein, weil mich alles so stresst, dass ich auch nicht erklären kann, was mich stresst, weil ich das Gefühl hab, alles, wirklich alles ist schlecht, inklusive mir.
Da hab ich das Gefühl, ich schwebe vor mich hin. Da brauch ich Ablenkung vom Taubsein, da brauch ich Ablenkung von allem, obwohl eigentlich nichts passiert.
Ich weiß, die Welt stürzt nicht ein, aber es fühlt sich so an, als würde das jede Sekunde passieren können. Als würde es nie, niemals je wieder anders werden. Als wäre ich in eine Grube gefallen, und ich schau nach oben, und ich schreie, nur da kommt keiner.

Wenn ich tatsächlich schreien könnte, da würde ich sagen: Alles ist grad schwer, und ich kann das alles nicht mehr. Ich würde so gerne schreien, kreischen, hysterisch plärren, aber ich lieg nur da. Ich bin müde. Ich bin immer nur müde, und nein, ich habe weder zu viel noch zu wenig geschlafen. Ich stehe müde auf und gehe müde ins Bett.
Ich bin so müde, dabei wäre ich so gerne wach.
Wake me up when it's all over, ein primitiver, Verdrängungs-glorifizierender Strategieansatz eines mittelmäßigen DJs.
Aber das stimmt wohl.
Bitte weck mich auf,
den Wecker hör ich nicht mehr,
hab auf Schlummern gedrückt,
bin müde,
den Antrieb hab ich im Chaos
wieder einmal verlegt,
verloren.

DISSOZIATIVE SYMPTOMATIK

Alles um mich herum,
und ich
und das Selbst
und sie
und das Gestern
und das davor
und der Beginn
fühlen sich fern,
doch zu nah,
angsteinflößend,
wenig,
und immer weniger
real an.

Wie eine aufgestellte These, die man einfach nicht belegen kann. Ich fühl mich wie die Erzählerin in einem Film, obwohl ich doch die Hauptdarstellerin bin.
Ich fühl mich, als wär ich alt und würde über mein Leben erzählen, obwohl ich doch gar nicht mehr weiß, was alles nochmal genau war.
Ich hab die Realität verloren, in der ich mich nie so wirklich befunden habe, weil ich nie so wirklich spürte, dass ich da drin bin.
Ich fühl mich, als wär ich die Nachbarin, die in ganz voyeuristischer Manier aus dem kleinen Abstand von Vorhang zu Vorhang in das Nachbarshaus schaut und leise ihre Schlüsse aus dieser merkwürdig wirkenden Person zieht, die sie sieht.
Ich fühl mich, als würde ich im Cockpit des Gehirns sitzen und stillschweigend die Hebel ziehen und bunte Knöpfe drücken, damit aus der nach Zahnpflege schreienden Mundhöhle heraus-

kommt, was in diesem Moment im Konsens des sozialen Verhaltens als angemessen interpretiert werden kann.
Mein Körper ist eine schlaffe Masse, in dem das Blut und die Organe nur so herum schwimmen, als wären sie auf Badeurlaub; der Körper, der macht mit und erträgt das, was sich die Befehlshaberin immer wieder an Fehltritten erlaubt. Aber spüren, dass die Gelenke problemlos gelenkig sind und die Füße Vorwärtsbewegungen hinlegen, ohne sich zu beschweren, das spür ich nicht. Ich merk nur, wenn ich wieder einmal wo angekommen bin; wie ich dort hinkam, welche Abzweigung diesmal falsch war, ist nicht schlüssig rekonstruierbar.
Wem stell ich das Honorar für die getane Arbeit aus?
Wer kümmert sich, dass das Licht nicht ausgeht?
Ich bin das nicht.
Schon lange nicht mehr.

Ich renne durchs Leben, lass mich schubsen, mit dem Gesicht in den Dreck, tief, weil ich spüren möchte, wessen Gesicht hier so unhygienisch mit Matsch beschmiert wurde. Die kleinen Dreckpartikel sollen sich in die Haut graben und freundlich nachfragen, ob jemand zu Hause ist. Ich möchte spüren, wer das Cockpit innehat und wo sich die Knöpfe für die Gewissheit befinden, um ein für alle Mal zu klären, dass ich tatsächlich ich bin. Das Honorar würde ich gerne wieder mir selbst überweisen, der Kontostand ist wieder mal ins tiefe Minus gestürzt, hat sich selbst von der Klippe geschmissen. Ich würde gerne meine Mitarbeiterin des Monats, zwölfmal in Folge, sein. Glühbirnen im Vorrat kaufen, dass die Dunkelheit nicht so lange in mir walkt, und ich gar nicht mehr weiß, wie es ist, Dinge, mich, erkennen zu können.

Alles um mich herum,
und ich
und das Selbst
und sie
und das Gestern
und das davor
und der Beginn
fühlen sich fern,
doch zu nah,
angsteinflößend,
wenig,
und immer weniger
real an.

ICH GLAUB
ICH HASSE MICH

Eine wahnwitzige, schreckliche Entdeckung ist wohl,
dass ich mich viel zu sehr hasse,
viel zu unsäglich schreckliche Dinge
zu mir sage,
mich anschreie,
unretounierbar in mir, auf mich, rauskotze,
dass die kleinen Stücke in der Lacke,
Essensreste, die ich gerne wiederverwenden möchte,
einen ewigen Kreislauf, eine Abwärtsspirale der Kompostierung
auslösen.
Die Natur arbeitet ja am liebsten ungestört,
obwohl ich doch immer wissen will,
ob ich eh nicht, niemandem, nichts im Weg stehe.

Im unendlichen Hass der Kreisfläche Pi gefangen,
in der ich die schamlose Brutalität,
mit Schleife und Grußkarte,
von mir, für mich,
selfcare quasi,
jeden Tag von Neuem als Überraschungspaket öffnen darf,
um doch nie enttäuscht zu werden.

Ich glaub, ich hasse mich viel zu sehr,
um auch die schönen Dinge in mir
nicht zu hassen.

KOMMERZKACKRADIO

Tagtäglich baller ich mir meinen Leerstand im Kopf zu, Töne,
die niederbrüllen, Augen mit Schweiß befüllen, Hände krallen
sich an mir fest,
weil leise,
langsam,
ruhig,
das halte ich nicht aus.
Der Radio, wohlig warm platziert, installiert, zwischen den
Gehirnhälften, der rauscht so laut, so laut, so laut, der quasselt
in sich, mich, hinein, ejakuliert Nonsens, der keine Früchte
trägt, falsche Frequenz, diesen scheiß Kommerzkack will doch
niemand hören.

Der Radio rauscht und rauscht und rauscht
in mich hinein.

ICH BIN ILLEGITIM

Das einzige
legitim
-isierte
an mir ist,
dass ich illegitim,
unangebracht,
gegenüber mir,
selbst,
bin.

DANEBEN

Ich steh ständig neben mir,
wenn ich dann mal neben mich schau,
um zu checken, wer da eigentlich steht,
ist da niemand,
und ich bin wieder allein.

TRÄNENTROPFEN

Es regnet in mein Auge,
ein Tropfen wird zur Träne,
weil ich ja sowieso immer
so melancholisch vor mich hin
traurig bin.

Es regnet in mein Auge,
ein Tropfen wird zur Träne,
weil der Asphalt so schön glitzert vor mir
und ich so melancholisch vor mich hin
noch da bin.

MIT GRILLHÄHNCHEN-GEWÜRZ MEINE HAUT BRATEN

Ich würde gerne meine Knochen brechen, sie zermahlen,
das Pulver ziehen, in mich, meine Nase hoch, um zu schauen,
ob sich da was tut. Das Pulver zu Beton verarbeiten und mich
in meiner Taubheit zementieren.
Ich würde gerne mein Blut zapfen, es in einen, meinen Pool
gießen, den ich mir nicht leisten kann, darin bis zum Grund
tauchen und warten, bis mir die Luft wegbleibt.
Gerne würde ich mir meine Augen rausreißen, sie in die
Luft schmeißen, damit jonglieren, um meine Perspektive zu
verdrehen, umzudrehen, um vielleicht doch wieder was,
das Schöne, sehen zu können.
Ich möchte meine Haut in Kostproben-Stückchen ablösen und
mit Grillhähnchen-Gewürz braten, räuchern, würzen, um zu
schmecken, wonach ich schmecke, hoffentlich nach Paprika,
und als Beilage bitte mittlere Pommes.
Ich möchte meine Beine möglichst mühselig und kompliziert
mit einem Schweizer Taschenmesser absäbeln, damit sie
weglaufen, dann such ich sie, denn wo sie hinrennen, würde
mich sehr interessieren.

NASSE HUNDE

Ich möchte ausschließlich im Kosmos meines Bettes existieren, mich unter meiner Decke, schützend, vor dem auf mich herabprasselnden Tagesgeschäft verstecken, um nicht wie ein nasser Hund jaulend im Regen zu stehen und zu warten, bis der Blitz mich endlich erschlägt, erlöst.

LAUFEN WIE USAIN BOLT

In der Stadt,
kleine, große, hässliche Häuser,
in der Stadt,
so groß,
weil man selbst so klein ist.
In der Stadt,
da wo sie immer sein wollte, als sie woanders war.

Die Füße tun weh,
weil die Straßen so lang sind,
so dreckig,
so schnell,
der Kopf tut weh,
weil sie rennt,
allem hinter,
allen hinterher
in den ewig langen, dreckigen, schnellen Straßen.

Und eigentlich merkt sie gar nicht,
wie der Mob in ihrem Kopf
Marathon in Umwegen läuft, und sie sich wieder einmal verliert.

SCHICHTWECHSEL

Ich muss noch alles schnell aufschreiben, was im Gehirn
rauf und runter
Trampolin springt,
sich in mir selbst in die Luft jagt,
in den leeren Raum hinein,
bevor die Schlaftablette
endlich ihre Arbeit tut,
die Lähmung nach Schichtwechsel übernimmt,
und ich,
im schwarzen Nichts,
nichts mehr
schreiben kann.

IM CHAOS
FIND
ICH IMMER
ALLES,
MICH
(FAST IMMER)

EURE UND MEINE WELT

Leute fragen mich:
Warum
Warum
Warum
machst du Kunst?

Weil die Welt in meinem Kopf, die ich schuf, erschaffe,
als ich ewig unter allen alleine war,
weniger Fantasie als Realität,
abseits von eurer, in der ich einfach so,
in diesem fremden Körper,
dahinlebte,
überlegte,
überlebte.

Weil die Welt in meinem Kopf,
in der Töne, Tage, Wörter,
Farben tragen, in denen ich sie kleide.
Weil die Welt,
die eure,
nicht für mich geschaffen ist,
nicht meine sein kann.
Weil die Welt eure ist,
die Kunst, die ist meine.

KAPITEL 3:
WÖRTER FINDEN ÜBER UNS

PARADOXON EINER FRAGWÜRDIGEN EMOTION

Verliebt sein ist ohnehin schon schwierig,
komplizierter jedoch,
wenn man dabei alleine bleibt.

VERÄNGSTIGTES TURTELTÄUBCHEN

ICH weiß nicht, was das ist.
Ich weiß nicht, woher das kommt, wohin es geht.
Wohin es mich trägt und wo ich dann ankomm.
Ich weiß nicht wie, und ich weiß nicht warum.
Warum ich das nicht kann.
Wieso ich es nicht genießen kann.
Wieso es mir Angst machen kann.
Es macht mir Angst. Es macht mir Angst,
was das mit mir machen kann.

Ich hab Angst, nicht das zu sein.
Das zu sein, was du willst.
Ich hab Angst, weil ich es nicht bin.
Anders kenn ich das nicht.
Ich hab Angst, dass du mich siehst.
Wirklich siehst, wer ich bin.

Ich hab Angst, dass du stumm bleiben wirst.
Wenn ich sage, was ich nicht sagen kann.
Ich hab Angst.
Worte zu finden, die vielleicht richtig sind.
Ich hab Angst.
Weil ich bei dir was fühl, dass ich nicht kenn.
Ich glaube, ich hab Angst,
weil ich merk, was noch übrig ist von mir.
Ich hab Angst,
dass du das Übrige siehst.

Ich hab Angst,
weil du mich siehst.
Ich hab Angst,
Angst vor mir.

EINFACH SO

Du sagst, du passt nirgends rein. Du sagst, du bist gemein zu dir. Du sagst, du magst dich nicht. Ich sehs in deinen Augen, die durch die *Berliner Luft* in dir nur noch halb offen sind und ohne Mut in meine Richtung schauen. Ich sag, ich dachte immer, wenn ich so wie du wär, da fühlt man sich nicht so. Da müsste man überall reinpassen, da müsste man sich nicht anstellen, sondern ist immer Erste.

Es macht mich traurig.

Du machst mich traurig, mit dem destruktiven Selbst, das da in dir schlummert und dir im Traum das Träumen verbietet. Du sagst, du warst immer das, was alle wollten. Aber du willst dich selbst nicht. Du sagst, du bist unsicher. Nicht sicher, wer du bist.

FRÜHSTÜCK DEN GANZEN TAG

Ich möcht gern ein Stückchen von dir abschneiden,
Marmelade und Butter darauf schmieren
und mal abbeißen,
von dir,
dass du endlich mal ein bisschen bleibst,
bei mir.

ICH WÜRD GERN IN DICH REINSTOLPERN

Als ich dich heute sah, da hab ich mich kurz so gefühlt, wie alle immer sagen, dass es sich anfühlt, wenn man fühlt.
Von weit weg, da hab ich dein kleines rundes Gesicht, in kleinen Grübchen schmunzelnd, ein Lächeln versteckend, gesehen.
Du willst also sehen, wer da so auf dich zustolpert, über dich drüber, mit dir in deinem Leben herum.

Als ich dich heute sah, da hab ich mich kurz so in Gedanken verloren, wie man sich verliert, wen man sich nicht sicher ist.
Du verunsicherst mich, schmunzelnd ein Lächeln versteckend, schreib ich so über dich. Über Wörter stolpernd, die zu unseren werden, mit kleinen stoppelig, stachlig kurzen Füßen, lass ich mich niederfallen neben dich, für dich, in deine Grübchen vergrabend verunsicherst du mich.

ICH SCHMUSE MIT DER KUNST

Ich warte, bis die Muse mich küsst,
weil du es ja nicht tust.

PIKSIGE WIESEN

Vielleicht weiß ich nicht mehr, wie es sich angefühlt hat
damals in den abgetragenen, weitergegebenen Kleidern,
großen Fußbällen im Gesicht und den piksigen Wiesen, über
die wir liefen, Lava unter unseren kleinen dreckigen Füßen,
weil wie wir rannten, wegrannten, über uns, schützend,
der Himmel so blau, weil wir gar nicht wussten, wie groß
die Welt eigentlich wirklich ist.

MATRATZE MITTELFEST

Wir teilen uns ein Bett.
Du teilst deins mit mir.
Zwei mal zwei Meter, Matratze mittelfest.
Die Decke unter der Nase, dass uns keiner holt in der Nacht,
unsere Körper parallel.

In deinen Kopf würd ich gern schauen,
fernschauen, was da los ist,
schwarz-weiß,
weiß-schwarz bunt.
Die Erinnerung ist Programm,
Plot vergessen, verdreht, misslungen,
durchschalten, abschalten, einschalten,
schlechtes Spätprogramm,
mit dem wir die Nacht bestreiten.

Jahrelang nebeneinander hergelebt,
um jetzt zu verstehen,
wer da
spricht,
schläft,
wacht,
so neben uns.

ES STINKT
NACH
U-BAHN
IM SOMMER
I ♥ ITALY
IT'S STINKY IN HERE
I ♥ U
CALL ME

DAS KLO AUF DER RASTSTÄTTE, VOR ITALIEN

Wenn ich könnte, würde ich dir die Welt kaufen.

Auch diese unnötigen Papiersackerl, von denen wir eh schon tausende im Kammerl liegen haben, ja, auch die würd ich dir kaufen.

Wenn ich könnte, würde ich für dich denken.

Deine Gedanken überdenken. Zu Ende denken. Uns weiter weg denken, nachdenken wohin.

Wenn ich könnte, würde ich dich tragen.

Selbst wenn ich nicht weiß, wie weit wir kommen, so stark bin ich auch wieder nicht. Aber ein kleines Stück schaff ich schon. Meine Schultern sind bereit, ansonsten mach ich noch ein bisschen Bodybuilding.

Wenn ich könnte, da würd ich dir den Schmerz nehmen.

Wenigstens für kurz. Oder auch für lang. Langfristig, mittelfristig. kurzfristig.

Wenn ich könnte, da würd ich all die Luft für dich atmen.

Deine Lungen füllen. Auch die Stinkeluft in der U-Bahn im Sommer, die Luft von der Autobahn oder von dem Klo auf der Raststätte, wo wir immer waren, als Zwischenstopp vor Italien.

Wenn ich könnte, würde ich dich retten.

Ich warte selbst noch auf meinen Rettungswagen, da ist sicher noch Platz für dich, neben mir. Vielleicht holen wir am Weg noch Pommes, aber die in Gitterform, die du so gern magst.

Wenn ich könnte, würd ich für dich weinen.

Meine Tränen sammeln und unseren Kummer in deren Meer ertränken. Dann könnten wir endlich wieder schwimmen gehen. Wie früher in Italien, nach dem Klo auf der Raststätte.

Wenn ich könnte, da würd ich dir all das sagen, was du dir selbst nicht glaubst.

Ich möchte dir einen Duden kaufen und alle Worte lesen. STOP! musst du dann sagen, wenn wir Wörter gefunden haben. Wortgebilde, damit ich weiß, wie es ausschaut in dir drinnen.

Ich würde dir sagen, du bist genug.

Genug, um für dich selbst zu reichen. Du reichst für mich, weil da so viel an dir ist, was gut und besser und gut genug für die Welt ist. Du bist ein All-inclusive-Urlaub, wie der, den man in Italien macht, den wir uns aber nie leisten konnten. Aber du musst ja nichts zahlen, weil den Strand, den hast du schon in dir. Vielleicht willst du dich sonnen mit mir?

Ich würde dir sagen, es tut mir leid, dass du schon so vieles fühlen musstest.

Es ist nicht fair, dass manche in der Glückslotterie vor der Geburt überhaupt kein Los bekommen haben. Ich kauf dir ein Los. Ich will, dass du auch mal gewinnst.

Ich würde dir sagen, es tut mir leid, dass du so schnell aufwachsen musstest.

Du hast vergessen, ein Kind zu sein. Weil Kind sein doch schon auch was ist, was man machen muss. Das muss man. Dumm sein und Dinge tun, die noch dümmer sind, weil die Gedanken der Welt keinen Sinn machen und auch nicht wichtig sind. Außerdem muss man da nie Vollpreis bezahlen. Vor allem beim Urlaub in Italien nicht.

Ich würde dir sagen, steh für dich ein. Du bist alles, was du hast.

Weil wenn du wissen willst, wer du bist, musst du anstehen, warten, durchstehen, das Aufwachsen an sich. Die Welt, auf der du stehst, die du durchstehst, die fordert uns auf, zu nehmen, was wir brauchen. Sonst weiß man ja nie, wie viel wovon. Sonst weiß man ja nie, wovon nicht oder mehr. Noch mehr.

Ich würde dir sagen, ich kann dich nicht so sehen.

Weil dich so zu Grunde gehen sehen, das tut einfach weh. Ganz schön weh. Weil ich seh dich ja eigentlich so gern, aber schauen, auf dich selbst, zu dir hinauf, musst du deinen Augen erst lernen. Ich kauf dir eine Brille, ganz groß und rund, dann geht das vielleicht besser.

Wenn ich könnte, würde ich dir helfen.

Ich würde für dich bei einer unbekannten Nummer abheben und telefonieren. Ich würde für dich telefonieren. Das kann ich aber nicht. Weil rufen, anrufen musst du selbst.

Willst du mit mir nach Italien fahren?

Dann hätten wir's vielleicht auch warm. Einfach mal der Sonne nachfahren, wie früher Richtung Meer, in dem wir geschwommen sind, dort, nach dem Klo auf der Raststätte.

Ich will dir das Schöne wieder zeigen.
Ich wünsch dir, dass du es bald wieder siehst.

TOMATEN MOZZARELLA

Es tut schon weh,
wie weit wir voneinander entfernt sind,
zwischen uns, getrennt durch eine
DIY-selfmade-Mauer.
Die haben wir gebaut,
als wir anfingen, uns die Wörter zurückzuhalten,
die Neuigkeiten,
die wir uns früher erzählten,
bei Nudeln mit billigem Pesto und noch billigerem Mozzarella
und dem billigsten Wein,
den wir sowieso nur nach dem Etikett auswählten,
dem ästhetisch subjektiven Wert nach,
weil wir keine Ahnung hatten, was es bräuchte,
um aus einer kleinen Weintraube einen Veltliner,
trocken oder staubig oder so zu machen.

Und manchmal hör ich dich lachen
hinter der selbstgebauten Wand,
die so dünn ist,
dass wir eh eigentlich alles voneinander wissen,
obwohl wir nicht mehr reden,
weil wir keine Zeit mehr haben,
uns keine Zeit mehr füreinander nehmen.

Manchmal frag ich mich, was da so lustig ist,
ich weiß genau,
wie deine Augen ausschauen,
wie so kleine Discokugeln aus so einem billo Laden,
und wie sich kleine Fältchen bilden in deinen Mundwinkeln.
In denen sich dann doch so viel mehr versteckt,
was so viele gar nicht kennen,
wer du bist.

Manchmal, da tut es weh,
wie weit wir voneinander entfernt sind,
obwohl wir doch
nur durch eine
fragwürdig schallgedämmte Wand
getrennt sind.

WO WARST DU?

Wenn ich an die zusammengeschlagenen Köpfe denk,
die Kammer, in die ich gesperrt wurde,
die verschränkten Hände vorm Gesicht,
da frag ich mich,
wo warst du da?
Ich weiß nicht,
meine Erinnerung lässt keine Antwort auf die Frage zu.
Meine Erinnerung lässt heute sowieso nur noch wenig zu.
Die lässt sich nicht mehr erinnern, die will auch nicht mehr.

Ich frag mich, wo warst du?
Das fragt sich dann das Kind in mir, das immer laut schrie, damit jemand vielleicht ein Flüstern vernahm. Das schreit das Kind in mir, das Wut in sich trägt, das rechts und links nicht mehr zu erkennen ist.
Das fragt das Kind in mir, heute noch.

Dir die Schuld, ruhig und leise, zuschieben und warten, bis du sie aufmachst, möglicherweise daran zu Grunde gehst, vor mir, unter dem Tisch verstreut, das kann ich nicht.
Lange Zeit, viel zu viel Zeit, dachte ich, das musst du wohl, das muss ich wohl, weil du nie gesagt hast:
Ich weiß.
Ich weiß.
Ich weiß alles, ich bin alles, was du mir da gegen den Kopf, in die Birne reinknallst.

Leise, zögerlich, ruhig sagtest du aber dann die Worte, die ich niemals dachte zu hören:
Die Scham, die lässt mich nicht. Die lässt mich nicht sagen, ich weiß, was da passierte. Ich weiß, ich hab es versäumt.
Dich, euch.

UNSERE BLÄTTER AN UNSEREN PFLANZEN

GLASHAUSTOMATEN

Die Luft hier ist stickig, verpestet, nebelig undurchsichtig.
Ich möchte die Fenster öffnen. Stoßlüften gegen den
angelegten Schimmel in den Ecken und dunklen Ritzen, überall.
Ob wir nicht Licht auf die Dinge scheinen lassen sollten,
die immer noch im Dunklen herumtappen, zappeln?
Den Dreck zusammenkehren, der in Haufen herumliegt,
den Sperrmüll entrümpeln.
Vielleicht fällt es schwer, weil wir das nie taten, tun.
Weil wir lieber unkommentiert im Müll vor uns herleben,
als die vergilbten Wände wieder mal neu zu streichen.
Ich frage mich, dich.
Ob wir vorm Umzug nicht aussortieren, die Kisten und uns
beschriften sollten, um Wörter zu finden, bevor wir kurzweilig,
langweilig, alles zur Einlagerung in die Verdrängung stellen?
Ich frage mich, dich, ob Antworten, eventuell Kommunikation
im Allgemeinen, nicht förderlich wären, um die Mülltrennung
zu erleichtern.

Die Frage an mich, dich, wo du warst, kann heute nur
beantwortet werden; die Grundmauern werden nicht wieder
abgerissen, um einfach so ein neues hässliches Haus zu bauen,
so hässlich aussehend wie Zigarettenschachteln, bedrohlich
in Reih und Glied.
Das Haus gemeinsam zu renovieren, das wäre schön.
Gemeinsam zu putzen, gemeinsam die Last des anderen
einzusaugen und im Garten zu kompostieren, vielleicht
wachsen im Sommer dann Tomaten, die wir so lieben, drauf,
drumherum.
Kleine, kugelrunde, rote Fruchtfleischgewächse.

Neue Pflanzen ziehen, so ganz vieles buntes, krummes,
unförmiges Gemüse.
Neue Häuser, neue Gärten, Räume machen Angst, das weiß
ich nur zu gut. Ich hoffe, der Lufttausch, Rausch, große Fenster
im Glashaus helfen uns, uns gegenseitig besser zu sehen.

Ich will neue Blätter an den Pflanzen entdecken.
Unsere Blätter an unseren Pflanzen.

WÜRSTELPRATER KREISVERKEHR

Mein Gehirn fährt gerne Karussell, in Kreisen, rundherum,
um mich, um den eigentlichen Verstand herum.
Auf dem Porzellanpferd, Hufe oben, Schweif perfekt im Wind
fliegend, sitz ich immer allein; das denk ich zwar, nur stimmen
tut es nicht.
Alle kreisen, kreiseln in sich herum,
allein auf dem Porzellanpferd sitz ich also nicht,
alle sammeln ständig die Scherben auf,
die kleinen, die großen,
ich helf dir,
ich hol den Besen,
du hältst die Schaufel,
wir kehren auf,
wir kleben alles zusammen,
alles, aber nicht die Finger.
Wir werden nie so ganz, ganz sein,
Vollkommenheit,
ohnehin eine Erfindung esoterischer Marktstrategie,
aber eine Runde,
ein kleiner Kreis um uns herum,
die Risse sehend, wissend zu schätzen,
das fänd ich schön,
gemeinsam kreiseln,
im anderen Kopf,
zu dir oder zu mir,
ist dann auch egal.

KAPITEL 4:
WÖRTER FINDEN FÜR UNS, NICHT MEHR

FRUCHTFLIEGEN

Wie ein abgeknabbertes Gehäuse eines zurückgelassenen Restapfels steh ich da und werde braun, ich schimmle und zieh die Fliegen an.
Es ist nicht mehr viel übrig von mir.
Die Fliegen bedienen sich, die anderen profitieren gerne von mir.
Die Fruchtfliegen, die wir alle immer erschlagen, ersticken im endlosen Rüssel des Staubsaugers, die bleiben dann bei mir, weil die wollen ja was. Alle wollen ständig was von mir.

FRIEDHOF DER LEBENDEN VERLORENEN

In meinem Kopf gibt es einen Friedhof,
da ist keiner gestorben, niemand dem Lebensabend nah,
da liegen die lebenden Verlorenen.
Unter Schichten der Erde des Vergessens
begraben,
da liegen Gefühle,
zugeschriebene Stellenwerte im Sozialsystem der Persönlichkeit,
die ich gerne gefühlt hätte,
vielleicht manchmal gespürt,
da liegen Lebende,
die mich erdrückten,
da liegst du, da liegt sie, da liegt er,
warten darauf, ausgegraben zu werden,
zurückgeholt,
hab vergessen, wo die Schaufel ist,
bin zu müde, um zu graben,
tief.

DU BIST BLÖD, ICH MAG DICH NICHT

Alle sagen immer:
Dumme Fragen gibt es nicht,
aber warum erscheint dann alles, was deinem Mund entflieht,
das Bleiberecht wurde von der Seichtheit deiner Synapsen
abgelehnt,
leider,
so haltlos,
beispiellos dumm?
Die emigrierenden Blödheiten, deinem Kehlkopf entweichend,
sind so schwer,
schwierig,
zu ertragen.

MEINE ZÄHNE SIND NICHT SO WEIß WIE DEINE

COLGATE-LÄCHELN

Menschen mit zu weiß glänzenden Zähnen machen mir Angst.
Sehr.

KAPITEL 5: WÖRTER FINDEN ÜBER MICH, WIEDER, ANDERS

DIE VERMEINTLICH IRRRELEVANTEN, LEBENSWICHTIGEN, SCHÖNEN DINGE

Du verdienst auch all das Gute im Leben, dass du Socken anziehst, die genau so lang sind, dass sie nicht über deine Ferse rutschen. Dass du auf Anhieb am Morgen zwei gleiche Socken findest. Dass diese Socken keine Löcher haben.
Früh genug im Zug zu sein, ohne Reservierung einen Platz bekommen. Dass du alle Züge erwischst, um stundenlang aus dem Fenster sehend alles um dich rum zu erkunden.
Aus der Haustür gehen und in der schwülen Luft einen Windstoß zu spüren. Beim Nachhausekommen den Schlüssel ganz oben in der Tasche finden und nicht wühlen zu müssen. Dass du es schaffst, aus der Haustür zu treten.
Du verdienst es, im Restaurant den letzten Schattenplatz zu bekommen und den letzten Tropfen Wein aus der fast leeren Flasche ins Glas zu gießen. Dass du dir Dinge in deinen Körper gießt, dass nur Gutes da drinnen ist.
Du verdienst es, so lange zu warten, bis die Eiswürfel im Glas geschmolzen sind und du noch ein paar Schlucke nehmen kannst. Dass du so lange gewartet hast, um bis heute hier zu sein.
Du verdienst den letzten Kaffee aus der Maschine, bevor man die Bohnen nachfüllen muss. Du verdienst durch Zufall eigentlich alles. Du verdienst es, ohne etwas zu tun, die irrelevanten schönen Dinge des Lebens einfach zu sehen.

Du verdienst es, dich in Leute zu verlieben, kleine Schmatzer, wie Nacktschnecken auf deiner Haut, zu spüren. Dass du dich verliebst und nicht weißt, ob du das magst.
Du verdienst es, im Park ohne Decke im Gras zu liegen und die kleinen Tiere zu beobachten, die auf dir herumkrabbeln.

Dass dir die Sonne den Bauch verbrennt und sich kleine weiße Linien bilden, über die du dann lachen kannst.
Du verdienst es, im Regen zufällig einen Regenschirm eingepackt zu haben. Dass deine Haare sich in kleine Locken legen und ganz wirr von deinem Kopf abstehen.
Du verdienst es, den ganzen Tag flach wie ein Seestern auf deinem eigenen Meeresgrund zu liegen und einfach nur da zu sein, nichts zu tun. Dass du merkst, wie schön diese Stille sein kann, dass die Ruhe nicht den Sturm bedingt.
Du verdienst es, ein Gericht zu kochen, das nur aus Resten aus dem Kühlschrank besteht, die du zusammenkratzt, weil du grad nicht einkaufen gehen willst, und dir selbst ein paar Sterne verleihst. Dass du, obwohl nichts da ist, Sterne siehst.
Du verdienst es, Bilder zu malen, ohne dabei nachzudenken und dich dann in das Gemalte zu verlieben, weil du schön findest, was da immer so aus dir rausbricht. Dass du dann davorstehst und nicht mehr wegschauen magst, ganz verlegen die Verehrerin beobachtend.
Du verdienst es, auf die U-Bahn nur eine Minute warten zu müssen. Dass du, die Ausnahme die Regel bestätigend, mal nicht ganz so spät kommst.
Du verdienst es, bei zwei Prozent Akku, noch den Sprint zum Ladekabel geschafft zu haben, ohne einen Neustart durchzuführen. Du verdienst es, eine Steckdose, neue Energiequellen, in der Nähe zu finden.
Du verdienst es, durch Zufall Bücher zu lesen, die alles für dich ändern. Dass die Wörter deine Augen verkleben und du nur noch in Sätzen siehst.

Du verdienst es, nicht aufgefressen zu werden von all dem Schlimmen rundherum. Dass du das Schlimme um dich herum nicht auffrisst und einfach runterschluckst.
Du verdienst durch Zufall eigentlich alles. Du verdienst es, ohne etwas zu tun, die irrelevanten schönen Dinge des Lebens einfach zu sehen.
Du verdienst all das Schöne.

ICH SITZE IN
DEN TRÜMMERN, MEINEN,
UND
PLÄRRE
WEIL ICH NOCH
DA
BIN

HYSTERISCH PLÄRREN

Ich plärre hysterisch
vor mich hin,
weil das Schöne mich überfordert,
weil der logische Schluss der Ästhetik für mich nie so spürbar war,
das eingepflanzte Organ, zu wenig Dünger vermutlich,
hab ich abgestoßen, mich selbst ausgestoßen.
Das Schlimme,
das Schwere,
das dachte ich,
bin ich,
für anderes hatte die Anatomie keinen Platz frei, ab auf die
Warteliste, der Doktor kommt vermutlich, nie,
das Tote in mir, totgeglaubt,
die Nekrose kannte ich.
Das Schwarze, Abgestorbene.
Durchblutungsstörungen sind aber nicht mehr schwarz, blau,
lila, die Dämme sind gebrochen, alles fleischig, rosarot, in den
Blutbahnen hat sich der Stau gelöst, Rettungsgasse hat endlich
funktioniert, der Dank gilt allen Mitwirkenden.
Das tote Gewebe, die Splitter des Trümmerbruchs in mir,
unflickbare Bröselmasse,
da sitze ich drinnen,
mein Körper und ich plärren hysterisch, und schauen uns die
Ruinen an,
das Blut fließt wieder, fleischig rosa.
Hysterisches Plärren hilft, wegen dem Fleisch in mir, wegen
meinem Körper und mir, weil wir noch immer zusammen sind.
Hier.

EIN LOBSTER LIEGT IM BETT

Sonne, die ins Fenster rein, direkt auf meinen Bauch rauf, rein ins Innere, blendet ins Aug rein, auf die Haut drauf, scheint.

INTERPRETATIONSSPIELRAUM FÜR ANGST

Ich glaube, ich kann gar nicht schreiben; den Hochmut, mit überschränkten Beinen, im Rollkragen, die Augen scheu durch die Hornbrille schauend, zu sagen: „Ich schreib ein Buch“, kommt mir hochmütig und ein bisschen peinlich vor. Wer qualifiziert mich denn, irgendwas zu schreiben, wer liest denn mein unqualifiziertes Wort?
Lesende Menschen mit meinen Worten in deren Köpfen machen mir Angst.
Die Wörter, die ich schreib, sehen für alle anders aus.
Sie sprechen in den Köpfen, erzählen, sie sagen nichts.
Lesende Menschen mit meinen Worten in deren Köpfen machen mir Angst.

BENZIN IST TEUER ABER DIE
SPRACHE
VERLANGT IMMER MEHR

BLABLACAR

Die Sprache ist die Fahrgemeinschaft, die ich mir auf einer höchst unseriösen Internetseite gebucht hab, weil ich mir nichts anderes leisten kann, oder leisten will,
die ist die eine, die neben mir zu laut schmatzt, die ist die eine, die hinter mir zu schrill keift,
die ist der Hundeschlitten, der mich hinter sich herzerrt, schleift, Schürfwunden letztendlich völlig zerreißt, die bringt mich an den Rand der Welt, Wahnsinn, um mich dort runterzuschubsen.
Die bringt mich immer sicher nach Hause, trotzdem, fragt die dann auch, wie ich geschlafen hab, weil sie extra die Decke aufgeschüttelt hat, so dass sich die Federn schön weich an meine Haut schmiegen, die ist da, wo ich wohn.
Die sperrt mich ein, die lässt mich frei, ein Faraday'scher Käfig, der die Blitze abhält, die sich ansonsten tief in meinen Kehlkopf bohren; und das, was gesagt werden soll, ungesagt ist, bleibt, die Sprache, die lässt die Finger raus zum Auslauf, so auf der Tastatur herum, dass sie drinnen aber nett, ruhig und stubenrein sind.

Die pumpt mich aus und dann alles wieder rein.
Die Sprache macht alles, ich sitz nur da, kann nix, schau blöd vor mich hin, bin das Medium, der USB-Stick mit scheiß Wackelkontakt, scheiß Adapter ist mir zu teuer, ich bin da, und die Sprache auch immer.
Der muss man die Bücher abkaufen, nicht mir, ich müsste mir nur selber abkaufen, dass die Sprache, in mir, raus, auf dich drauf, die meine ist, deine kenn ich nicht.
Die Sprache, die weiß, wer ich bin, die bin ich.

LESERATTE

Ich lese alle Bücher, immer,
weil ich da viel fragen kann. Mich.
Ich lese alle Bücher, immer,
weil die Antwort kommt dann schon.
Ich lese alle Bücher, immer,
weil zwischen den Zeilen, da gibt's Platz für mich.
Ich lese alle Bücher, immer,
um zu wissen, wie das andere machen.
Ich lese alle Bücher immer,
weil ich eigentlich allein bin.
Ich lese alle Bücher, immer,
weil ich das eigentlich nicht sein will.

FLATULENZ MIT KREATIVEM MEHRWERT

Ich brauche ganz viel heiße Luft in meinem Kopf,
um Flatulenz mit kreativem Mehrwert entstehen zu lassen.

SCHMUTZIGE SHIRTS

Die Buchstaben, die ich in Büchern les, schütt ich gerne über
mich drüber, weil Flecken hab ich sowieso auf allen meinen
Shirts,
den Versuch, flecken- und faltenfrei durchs Leben zu huschen,
hab ich aufgegeben,
alles setzt sich in den Ritzen fest,
klebt sich nieder,
Proviant für später.

Ich mag dieses Chaos,
das sich auftut,
die verstaubten Gummibärchen, die man beim Putzen unter dem
Bett findet, sind die einzigen Zeitzeugen meines Lebens, die mich
interessieren, sie lügen nämlich nicht.
Die Farbspritzer an Wänden und Böden, überall eben, wo sie
nicht hingehören, finde ich schön,
alles, was da ist, wo es nicht hingehört,
bringt mich dorthin, wo ich noch nie war.
Das Chaos hab ich patentiert, mir,
das einzige, was mich nicht so leicht verliert,
klebt am Schuh, das nehm ich überall hin mit,
wie einen Kaugummi, den ich ausgespuckt hab
und mich ans Kauen gar nicht mehr erinnern kann,
jeden Tag, immer öfters,
merke ich,
das Chaos
ist mein Chaos,
und es macht mir nichts aus.

ICH WÜRGE GERNE

Schreiben ist wie Kotzen, nur mit Buchstaben.
Kotzen ist wie Schreiben, nur ohne Buchstaben.
Ich würge rauf, was mir sonst, ungesagt, im Hals stecken bleibt.
Schreibkotzen.
Kotzschreiben.

ICH LIEBE KITSCH

Die kitschige Harmoniebedürftigkeit in mir siegt heute wieder einmal.
Eh nur selten, aber manchmal darf sie das.

WEISSE SEITEN

Einige Seiten hab ich noch, um die kitschigsten Metaphern aneinanderzureihen, je schlechter, desto besser; einige Seiten hab ich noch, um mir selbst zu erzählen, wie hilflos schön die Welt ist, das Schöne, das vor mir herumsteht.

Einige Seiten hab ich noch, um das Schlimme, mit Blut und Fleisch, als solches Narrativ rabenschwarz, blut-dunkel-rot auszumalen, weil ich immer dachte, das Schlimme ist normal. Ich will alles ausmalen, um herauszufinden, was diese immer geglaubte Normalität eigentlich heißen soll, für mich.

Einige Seiten hab ich noch, um mit billigen Wachsmalkreiden, welche meiner brotlosen, weizenfreien Berufswahl geschuldet sind, deine eckige Erde kugelrund, kugelbunt zu malen.

Einige Seiten hab ich noch, auf denen ich wütend, wutentbrannt Feuer speie, um alles niederzubrennen, was so unerbittlich zukünftige Brandwunden verursachen könnte. Prophylaktischer Brandschutz gegen Selbstentflammung also.

Einige Seiten hab ich noch, um eine weiße Fahne zu schwingen, im Spiegel nur allein mir selbst, weil weiße, ungewisse Seiten gefallen mir; immer mehr.

LANGE ZEIGEFINGER UMARMEN MICH HEUTE, WARM UND FEST.

DIE CONCLUSIO

Das Schlusswort,
das gibt es nicht.
Verstehen kann ich nicht,
warum,
wie,
wann,
wieso.
Die vermeintlich ausgekommenen Hände,
die Schreie, die in den Ohren ringen,
die Blicke, die den Selbstwert zersägen,
schmeißen die Regale um, in denen die kleinen stillen Träume
in Gläsern eingekocht warten, um endlich probiert zu werden.

Vielleicht ist die echte Macht
das Zusammennähen
der aufklaffenden, sich anstarrenden Fleischwunden,
das Nicht-verstehen-müssen.
Nichts müssen.
Unrealistisch exponentiell zu viel wollen.
Vielleicht ist die Stärke, das wahre Muskelpaket, die Akzeptanz,
wie es war, und das zustimmende Nicken der Reflexion, einzig
und allein sich selbst gegenüber.
Vielleicht verwend ich den Zeigefinger lieber,
um mit den Armen ganz lang, warm und fest,
zu probieren,
wie das ist,
wenn ich mich mal selbst,
nur für mich,
umarm.

FÜNF BUCHSTABEN FEHLEN NOCH: DANKE.

Danke an Lil und Middle G für eine große Prise Salz.
Danke an Paps für kleine und große Gespräche.
Danke an Jakob, Maria, Max, Waltraud, Clemens, Maria, Gerti und Gerli fürs miteinander Durchstehen, Streiten, Versöhnen.
Danke an Wolfi für Cher-Imitation-Contests während dem Abwasch.
Danke an Toni für die erste große Freundschaft.
Danke an Mala für ewige Palatschinken-Nächte.
Danke an Rosi für viel zu lange Gespräche in viel zu vollen Kleiderschränken.
Danke an meine Therapeutin, weil ich die Farben des Lebens wieder sehen lernen kann.
Danke an Elisabeth für die geschaffenen Strudel Diversität in meinem Leben.
Danke an Anna, Helene und Kathi, weil durch eure kleinen Augen meine Welt anders aussieht.
Danke an Katharina, weil du vor mir selbst die Autor:in in mir gesehen hast.
Danke an Sarah, ohne dich wäre keine Deadline eingehalten worden.
Danke an Andi und Eva, weil ihr Räume geschaffen habt, ohne die das hier gar nicht möglich wäre.
Danke an mein ganzes Team, mit dem ich arbeiten darf, weil ihr meinen Kopf versteht.
Danke an meine chosen family, an meine Freund:innen, die mit Averna Sour, vielen geschnorrten Zigaretten, Weihnachtsfeiern, Frozen 2 und Lachsnudeln die Mühen meiner letzten Jahre begleitet haben.
Ich hab euch lieb. Bussi. Danke.

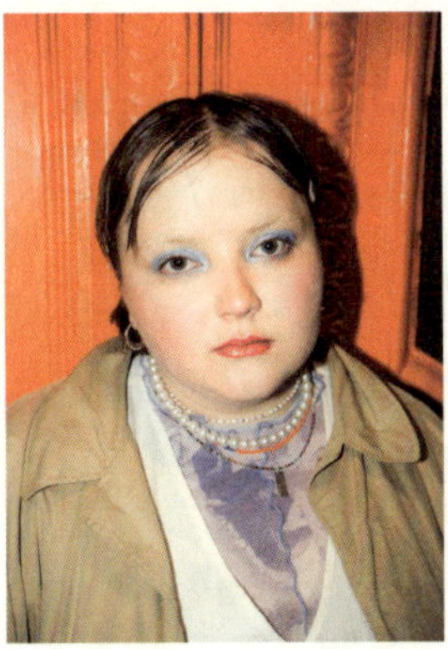

CHRISTL MTH. ist eine Künstler:in, die sich nicht einrahmen lässt. Ihre Musik, Gemälde und Texte sind kompromisslos, kritisch und konfrontativ. Sie kreiert Spaces, in denen das Vorhandensein von Wut und Liebe, Zerbrechlichkeit und Stärke gleichermaßen berechtigt ist. 2021 veröffentlichte sie als CHRISTL ihre erste EP „A Room for her own“. „Ich glaub ich hasse mich“ ist ihr Debüt als Autor:in.

Stadt Wien | Kultur

Gefördert von der Stadt Wien Kultur.

Dieses Buch wurde auf höchstem ökologischen Standard gedruckt, ausschließlich mit Substanzen, die wieder in den biologischen Kreislauf rückgeführt werden können. Cradle to Cradle™-zertifiziert by gugler***, klimapositiv, auf Papier, das in Österreich produziert wurde, und ohne Plastikfolie, die dein Lieblingsbuch unnötig einhüllt – für unsere Umwelt und unsere Zukunft.

print 4 climate

CERTIFIED cradle to cradle SILVER

Umschlag und Bindung ausgenommen www.gugler.at

– produziert nach den Richtlinien des Österreichischen Umweltzeichens, Gugler GmbH, UW-Nr. 609, www.gugler.at

Auflage:

4	3	2	1
2026	2025	2024	2023

HAYMON verlag

Innsbruck-Wien
www.haymonverlag.at

ISBN 978-3-7099-8211-2

Lektorat: Haymon Verlag / Katharina Schaller
Projektleitung: Haymon Verlag / Sarah Wegscheider
Buchinnengestaltung nach Entwürfen von: himmel. Studio für Design und Kommunikation, Innsbruck / Scheffau – www.himmel.co.at
Satz, Layout von Umschlag, Vor- und Nachsatz: Karin Berner
Umschlaggestaltung, Gestaltung Vor- und Nachsatz, Illustrationen: CHRISTL MTH.
Autor:innenfoto: © Cornelius Reitmayr / Berlin